NOTICE

SUR LA VIE DE

SAINT EUGÈNE

ÉVÊQUE DE TOLÈDE, MARTYRISÉ A DEUIL

Suivie

DES CANTIQUES COMPOSÉS EN L'HONNEUR DU SAINT

PAR M. L'ABBÉ HUREL, CURÉ DE DEUIL

—

Se vend au profit de l'Église.

—

VERSAILLES

BEAU, IMPRIMEUR-LIBRAIRE

Rue de l'Orangerie, 36

—

1869

IMPRIMATUR.

Die 18ª maii 1869.

† PETRUS, EP. VERSAL.

AINT EUGÈNE, ÉVÊQUE ET MARTYR

NOTICE SUR SAINT EUGÈNE

PATRON DE DEUIL

PREMIER ÉVÊQUE DE TOLÈDE ET MARTYR

Il existe, près Paris, un humble village appelé Deuil, qui fut, au premier siècle de l'ère chrétienne, le lieu témoin du martyre d'un grand serviteur de Dieu, d'un homme que le Seigneur avait comblé de tous ses dons, et qui, en sage économe, géra fidèlement la fortune de son maître jusqu'au jour où celui-ci l'appela à rendre compte de son administration. C'est-à-dire qu'il sut, par sa correspondance à la grâce, multiplier le talent que le Maître lui avait confié, et faire retourner à la gloire du Seigneur les dons qu'il en avait reçus.

Ce grand saint n'est autre que saint Eugène.

La véritable grandeur, la raison suprême de toutes choses c'est Dieu. Dieu a déposé en chaque créature son sceau, qui représente quelques traits de sa divine image. Mais l'homme, créature privilégiée, créé par Dieu pour reproduire fidèlement la divine ressemblance, a été appelé plus tard, par sa toute puissante miséricorde, à devenir participant en Jésus-Christ, non-seulement de la ressemblance divine mais de la vie même et de la nature de Dieu, comme nous l'enseigne le prince des Apôtres.

Tant que la grâce et la vie divines ne se manifestent pas dans les œuvres de l'homme, toute sa grandeur n'est qu'apparence et déception. Mais la sainteté, au contraire, est l'état de lumière et de vie ; c'est l'état où l'être, animé par un soleil vivifiant, s'épanouit et nous donne son parfum. Car l'homme n'est réellement vivant que lorsqu'il vit de Dieu, en Dieu et pour Dieu ; c'est seulement ainsi qu'il atteint son but, qu'il vit sans hésitation et sans trouble ; qu'il ne cherche plus rien, parce qu'il a tout trouvé. C'est alors qu'il est heureux.

Les actes des saints sont une sorte de rayonnement de la volonté divine ; ils prennent le caractère de cette volonté, ils participent par la grâce à la volonté de Dieu lui-même. Les saints sont donc pour nous comme la transparence de Dieu ; ce sont des vases d'un pur cristal qui renferment la divine clarté et la tiennent élevée au-dessus de nous, afin de nous éclairer dans notre marche vers la céleste patrie.

Saint Eugène naquit à Rome au commencement du premier siècle de l'ère chrétienne, sous le règne de l'empereur Tibère, successeur d'Octave Auguste. Il descendait de la très-ancienne famille des Marcellus, et fut élevé, comme il convenait à son rang, par une mère d'un esprit supérieur, et, ce qui est infiniment plus précieux, fidèle disciple de Jésus-Christ.

Eugène étudia la théologie, le droit, les lettres et la philosophie sous les maîtres les plus éminents de l'époque. A vingt-cinq ans, il fut ordonné diacre, et, lorsque saint Denis l'Aréopagite, le grand converti d'Athènes, vint à Rome, ces deux saints s'attachèrent l'un à l'autre par les liens de la plus tendre et de la plus solide amitié, fondée sur leur mutuel et ardent désir de procurer la gloire du Seigneur.

Plus tard, lorsque saint Clément, pape, envoya saint Denis dans les Gaules, pour annoncer aux peuples la parole de l'Evangile *et les marquer du sceau de la Trinité,* il lui adjoignit plusieurs diacres et évêques, et, entre autres, le diacre Eugène. Mais arrivé dans la cité des Arélates (Arles), saint Denis, sans songer à sa propre consolation, et ne consultant que le but auquel tous deux avaient dévoué leur vie, c'est-à-dire la gloire de Dieu dans le salut des âmes, saint Denis, disons-nous, voulut se séparer de son ami, et, après l'avoir lui-même sacré évêque, il l'envoya en Espagne prêcher le nom de Notre-Seigneur Jésus-Christ.

Saint Eugène partit donc, et les hymnes que chante en son honneur la liturgie espagnole nous disent qu'il fut comme un bienfaisant rayon de soleil qui apporta la lumière au milieu des épaisses ténèbres de cette lointaine contrée. Il fixa sa résidence à Tolède, dont il fut ainsi le premier évêque, et sa parole, confirmée par d'éclatants miracles, convertit à la foi un grand nombre de gentils.

Après avoir établi et organisé l'Église en Espagne, en donnant des pasteurs à ces nouveaux chrétiens, saint Eugène revint à Rome en l'année 92. Il assista, dans les catacombes, à la translation des corps de saint Pierre et de saint Paul, et Dieu le rendit témoin du martyre du pape Sixte II, qui eut lieu le 6 août de la même année.

Peu de temps après le triomphe de ce saint pontife, il se rendit de nouveau dans les Gaules, dans le but de rejoindre et de seconder dans ses travaux son ami saint Denis. « Pour l'amour de Jésus-Christ, il avait souffert en paix d'être séparé de celui qu'il aimait tendrement ; par l'amour du Créateur, il avait surmonté l'amour de la créature et préféré aux consolations humaines le bon plaisir de Dieu (1). » Mais, maintenant, il semblait qu'il

(1) *Imitation*, chap. IX.

entrât dans les desseins du Seigneur de fortifier ces deux âmes l'une par l'autre, afin d'en faire jaillir de nouvelles étincelles d'amour et de foi, et saint Eugène retournait en hâte près de saint Denis, espérant recevoir de son ami des conseils pour affermir et consolider les fidèles de l'Eglise qu'il avait fondée, se réjouir avec lui des grandes œuvres que Notre-Seigneur avait opérées par leur ministère, et défricher ensemble les nombreux terrains encore demeurés incultes dans le champ du Seigneur. Il ne devait cependant pas en être ainsi, ou plutôt ce n'était plus leurs travaux que Dieu demandait pour opérer le salut des âmes, c'était leur sang.

Saint Denis, après le départ d'Eugène pour l'Espagne, s'était dirigé vers les Gaules avec ses compagnons Rustique et Eleuthère. Il s'avança jusqu'à la cité des Parisiens, qu'il savait plus particulièrement plongée dans les crimes et les souillures des démons. Sa parole, ses miracles et ses vertus changèrent la face de cette cité, l'enfer fut vaincu ; mais l'empereur Domitien, apprenant les succès de saint Denis et la défaite du démon, résolut d'étouffer dans le sang du prédicateur la prédication de l'Evangile. En conséquence, il envoya dans les Gaules Fescennius Siscennius, avec ordre de rechercher le saint évêque et ses compagnons, et de les mettre impitoyablement à mort.

Fescennius trouva le bienheureux Denis sourd à ses menaces, et disposé à mettre en pratique cette parole des Apôtres : qu'il faut mieux obéir à Dieu qu'aux hommes. Lorsque le juge lui demanda de qui il était l'adorateur, il se déclara le « vrai serviteur et le vrai adorateur de celui qui a le pouvoir sur les choses visibles et invisibles, célestes, terrestres et infernales (1). »

(1) Actes de saint Eugène.

Alors Fescennius lui fit souffrir divers tourments, et, finalement, le condamna à être décapité, lui et ses deux compagnons, avec des haches sans tranchants.

Pendant ce temps, saint Eugène traversait, plein de joie et d'espoir, les contrées qui le séparaient de son bienheureux père, prêchant les peuples sur son passage, et les convertissant à la foi de Jésus-Christ. Il arriva ainsi à un lieu appelé Dioilium (Deuil); et ce fut là qu'il apprit « que le saint du Seigneur, Denis le Philosophe, était allé, par un glorieux martyre, goûter la béatitude éternelle du repos des cieux (1). »

Alors, devant tous les adorateurs du Christ réunis avec lui, Eugène rendit grâces à Dieu de la gloire qu'il avait réservée à son fidèle serviteur, et, tout en pleurant, comme le plus désolé des fils, d'être privé de la personne et du soutien de son père, il demeura fidèle à la mission que le Seigneur lui avait confiée et continua courageusement l'œuvre que le bienheureux Denis avait si glorieusement commencée.

L'entraînement de sa parole remportait, chaque jour, de nouveaux triomphes, et, bientôt, Fescennius, irrité de voir ses efforts rendus inutiles, et l'Evangile prêché par Eugène comme il l'avait été par Denis, envoya de nouveau ses gardes pour exterminer celui ci, comme ils avaient exterminé l'autre.

La sainteté qui rayonnait de la face du saint vieillard, arrêta un instant l'exécution des ordres de Fescennius, les bourreaux prenant pitié de ses cheveux blancs, l'exhortent d'abord, de tout leur pouvoir, à sacrifier aux idoles ; mais les propositions sacriléges faites à sa foi n'ébranlent pas son

(1) Actes de saint Eugène.

âme ; il juge que c'est une chose indigne que la croyance des chrétiens cède aux autels des démons ; il a mis dans son cœur d'honorer un seul Dieu, et il gardera ce culte jusqu'à la fin de sa vie, jusqu'à son dernier soupir. Enfin le saint homme, le très-fort athlète du Seigneur, Eugène, exhalant du fond de ses entrailles un douloureux gémissement et soupirant profondément, épancha ces paroles avec des larmes : « Seigneur Jésus, qui possédez l'immortalité, la sagesse et la vertu de Dieu, le Père très-caché, et qui permettez, par une décision éternelle, que les ennemis de votre nom dominent un instant sur ceux qui le confessent, afin que ceux-ci, par leurs souffrances, obtiennent la gloire incorruptible d'une vie perpétuelle; je vous consacre cette lutte suprême de mon dernier combat ; je vous rends grâces, avec toute la dévotion d'un cœur contrit de ce que vous avez bien voulu m'instruire, dès l'enfance, par des maîtres catholiques, afin qu'entré en possession des trésors de votre divine sagesse, je les recueillisse dans le sanctuaire de mon cœur et les répandisse, comme un pasteur fidèle, sur votre peuple ; je vous demande que vous daigniez m'assister encore, moi, votre pauvre serviteur, dans ce dernier assaut que l'enfer me livre, et me faire mériter d'être consommé dans la louange et la confession de votre nom. » Ayant fini cette oraison, le bienheureux Eugène livra aux mains des licteurs sa tête vénérable (1).

Ce fut le 13 novembre de l'an 92, sous le proconsulat de Fescennius Siscennius, que saint Eugène reçut la couronne du martyre, il était alors dans la soixante-seizième année de son âge.

Même après sa mort, saint Eugène inspirait en-

(1) Actes de saint Eugène.

core une sorte de terreur à ses bourreaux; craignant que son corps ne devînt pour les chrétiens comme un signe de ralliement, dont la présence, en les encourageant dans la route de persécutions sanglantes qu'ils avaient à suivre, n'affermît leur héroïque résistance, ils ordonnèrent que les restes vénérables du saint martyr fussent jetés secrètement dans le lac de Marchais (Marcasius), voisin du village de Deuil.

Bien des années passèrent sans que les chrétiens, toujours persécutés, pussent honorer, en lui donnant les honneurs de la sépulture, le corps du bienheureux Eugène, les siècles vinrent, et avec les siècles, l'oubli. Il semblait que ces précieuses reliques dussent rester à jamais ensevelies dans les ondes du lac. Mais le Seigneur, par une providence spéciale, daigna s'occuper lui-même de la glorification temporelle de son serviteur.

En l'an 697, vivait, au village de Dioilum, un saint homme, illustre et puissant, mais souffrant d'une ophtalmie incurable, nommé Ercold : ce fut l'instrument que Dieu choisit pour accomplir cette sainte œuvre. Ercold reçut, pendant son sommeil, une vision, dans laquelle il aperçut, debout devant lui, saint Denis, sans doute, sous la figure d'un vieillard vénérable, à la blanche chevelure, qui lui dit : « Lève-toi, mon frère, car tu es guéri de ton infirmité, et vas au lac contigu à ce lieu-ci. Là, tu trouveras le corps de notre frère et condisciple Eugène. Tu l'en retireras avec des honneurs convenables, selon ton pouvoir; et tu lui donneras la sépulture, et au lieu où il sera déposé sera donné grand salut par son patronage, et de nombreux miracles se feront par son intercession. »

Ercold, se trouvant instantanément guéri, ainsi qu'il lui avait été annoncé, obéit à la voix du saint evêque de Paris, et, se levant de grand matin, il assembla ses serviteurs et se dirigea avec eux vers le lac du Marchais; là il trouva à l'endroit qui lui avait été indiqué le corps de saint Eugène, intact et sans aucune trace de corruption, comme si la mort venait de le frapper.

L'intention d'Ercold était d'abord de transporter les reliques de saint Eugène à l'abbaye voisine, où reposaient déjà celles de saint Denis et de ses compagnons, sous la garde de religieux; il avait fait préparer un char, dans lequel il se disposait à conduire son trésor, avec grande pompe, au monastère. Mais il arriva que tandis qu'une foule innombrable de peuple suivait recueillie, en chantant des hymnes et de pieux cantiques, tout à coup les bœufs qui traînaient le char s'arrêtent et refusent d'aller plus loin. Ni la voix ni l'aiguillon ne parviennent à les faire reprendre leur marche.

Les conducteurs du cortége et le peuple demeuraient dans la stupéfaction, lorsque Ercold se souvint que Deuil lui avait été désigné, dans la vision, comme devant être le lieu de la sépulture du martyr.

Alors ils se mirent tous à prier le Seigneur d'indiquer plus particulièrement le lieu qu'il avait choisi, et les bœufs, livrés à eux-mêmes et comme poussés par une main invisible, sans faire désormais aucune résistance, se relèvent et marchent sans guide jusqu'à un champ qui appartenait au seigneur Ercold, où, une fois arrivés, ils s'abattent de nouveau et semblent témoigner ainsi qu'ils sont parvenus au terme de leur voyage.

Ercold fit don de ce champ au Seigneur, en disant : « Jusqu'ici tu as été en mon pouvoir; maintenant je te concède à Dieu et à saint Eugène avec tout ce que tu contiens, dans l'espoir qu'au moyen de ces dons terrestres, j'obtiendrai par les prières du saint martyr l'élargissement des dons célestes (1).

Ce lieu devint bientôt célèbre par les nombreux miracles qu'il plut à Dieu d'y opérer, pour l'honneur de son saint martyr. Les chrétiens y avaient élevé, sur son tombeau, un oratoire qui fut bientôt remplacé par une chapelle, laquelle subsista jusqu'en l'année 1060, où fut construite l'église qui existe encore aujourd'hui.

Deuil n'a cependant pas toujours continué à posséder les reliques de son martyr; elles furent divisées et déposées en différents lieux et subirent de nouveau les vissicitudes des temps; l'abbaye de Saint-Denis les conserva même pendant un grand nombre d'années et voici en quelles circonstances.

Une calamité étant venue fondre sur le village, les habitants de Deuil, selon l'usage de l'époque, allèrent processionnellement, en portant le corps de leur saint, visiter en pèlerinage le tombeau de Saint-Denis. Arrivés dans l'église, ils y déposèrent la châsse, pour chanter les prières et les hymnes accoutumées; mais lorsqu'à leur départ ils voulurent reprendre leur premier fardeau, la châsse était comme rivée à la pierre, et aucun effort humain ne fut capable même de la soulever. Ils comprirent par là que la volonté de Dieu était que le corps de saint Eugène demeurât à Saint-Denis et ils s'en retournèrent en pleurant et en se frappant la poitrine, se reconnaissant indignes de conserver ce grand trésor.

Mais la suite des années prouva que le dessein de Dieu en privant pour un temps les habitants de Deuil de leur père, était principalement de le sous-

(1) Actes de saint Eugène.

traire aux profanations des Normands qui, peu d'années après, envahirent cette partie de la France. Toutes les églises furent alors livrées au pillage, à l'exception de cinq qui purent se racheter à prix d'argent ; l'abbaye de Saint-Denis fut de ce nombre, et les moines eurent la liberté de se retirer à Reims avec les reliques de leurs saints, jusqu'à l'époque où la paix étant survenue, ils reprirent possession de leur monastère.

La date précise de cet événement ne nous est pas fournie par l'histoire.

Les moines de l'abbaye de Saint-Denis furent souvent sollicités de se départir, en faveur d'autres églises, des reliques de leur saint et quelquefois y consentirent. Ainsi, en 929, une relique de saint Eugène fut concédée par eux à Saint-Gérard, c'était le grand os du bras (l'humerus) du martyr. Cette relique fut enchâssée dans un bras de bois argenté ; elle est exposée dans l'église de Saint-Gérard, à Brogne, à l'autel de Saint-Pierre, derrière une case vitrée. La châsse qui la renferme fut donnée, selon le docteur Arnould de Raisse, par l'infante Isabelle, en 1625.

Cependant, les deux églises qui avaient le plus de raison de posséder des reliques de saint Eugène en demeuraient complétement dépourvues. C'étaient Tolède d'abord, et ensuite Deuil.

Tolède fut la première à rentrer en possession de ce précieux trésor. Les reliques de son saint fondateur furent sollicitées notamment par Raymond, archevêque de Tolède, en 1156, sous le règne de Louis VII, dit le Jeune. Odon de Deuil, secrétaire et chapelain du roi, prit sur lui, en sa qualité de prieur de l'abbaye de Saint-Denis, de céder aux instances qui lui étaient faites, et de donner à Raymond un bras de l'illustre martyr ;

cet acte de libéralité lui fut vivement reproché, et Odon fut même obligé de faire le voyage de Rome pour se justifier auprès du Pape de ce don peut-être irrégulier.

Cela n'empêcha pas que, quatre siècles plus tard, la demande du surplus des reliques ne fût faite par Antonio de Ribera, envoyé de Philippe II. Ce roi, très-fervent catholique, après de longs et persévérants efforts, obtient en 1565, par l'entremise de son beau-frère, Charles IX, roi de France, la cession de la presque totalité de ce précieux dépôt. Il quitta le palais de Simacas pour aller au-devant du cortége, porta sur ses épaules et pieds nus, jusqu'à la cathédrale, la châsse qui renfermait les reliques de saint Eugène, suivi d'une affluence considérable de fidèles, et la pompe religieuse de cette cérémonie surpassa par sa magnificence l'éclat de toutes les solennités antérieures.

La cathédrale de Tolède était bien digne, il faut le dire, de posséder les précieuses reliques de saint Eugène. Son origine remonte au premier siècle de l'ère chrétienne, au temps de l'apôtre saint Jacques et d'Elpidius, ermite du Mont-Carmel.

Elpidius éleva une vaste église sous l'invocation de la Vierge Marie. Eugène l'érigea en cathédrale, en fut le premier évêque, vers l'an 76 après Jésus-Christ, lui conserva le titre de Notre-Dame de l'Assomption : et sa suprématie sur toutes les églises d'Espagne, déjà reconnue dans un concile, le fut plus tard encore par une bulle du pape Eugène III, en 1148, après l'expulsion des Maures.

En 312, quand la persécution qui sévissait alors contre les chrétiens eut cessé, et que l'empereur Constantin se fut converti, la basilique de Notre-Dame de Tolède, que le préfet Dacien, envoyé de

Dioclétien, avait fait détruire, fut relevée. L'évêque Marinus, aidé et encouragé dans son œuvre par l'empereur, n'épargna rien pour réédifier un temple aussi remarquable par ses proportions que par sa somptueuse architecture.

Mais, sous la domination des Maures, cette église ayant été malheureusement profanée, mutilée et convertie en mosquée; pour faire disparaître la trace de ces sacriléges et aussi parce qu'elle menaçait ruine, la cathédrale de Tolède, sous le règne de Ferdinand et d'Isabelle, fut rasée et rebâtie. Ce fut l'archevêque Rodrigue, assisté du roi et de toute la cour, qui en posa solennellement la première pierre en 1227. C'est la basilique qui existe encore de nos jours et que l'univers entier admire.

La paroisse de Deuil ne devait que beaucoup plus tard recouvrer une partie des reliques de son glorieux patron. La portion du bras que son église possède fut obtenue en 1761 du grand prieur de Saint-Denis par l'abbé Martin, curé de cette paroisse; il dut, pour réaliser cette réversion, se pourvoir auprès du chef de son diocèse, à l'effet d'obtenir l'autorisation nécessaire : il l'obtint à la date du 11 septembre 1761, de Mgr Christophe de Beaumont du Repaire, alors archevêque de Paris, et l'ordonnance rendue par le prélat prescrivit en même temps le cérémonial à observer pour cette fête, dont le jour fut fixé au 21 septembre de la même année.

La translation eut lieu avec une grande pompe. L'abbaye de Saint-Denis donna solennellement à l'église de Deuil un ossement de l'un des bras de saint Eugène, qui fut renfermé dans la châsse qui existe encore et qui fut offerte par la générosité pieuse de l'abbé Martin lui-même; cette châsse fut ramenée en grande pompe à Deuil, et suspendue à la voûte du chœur.

Telle était la situation quand la révolution éclata. Pendant les mauvais jours de ce temps de désordre, les vases sacrés et les ornements de l'Eglise furent portés au district et vendus. La châsse de saint Eugène ne fut pas plus respectée, elle fut descendue de la voûte, et dépouillée des lames d'argent et des ornements qui la décoraient. Cependant, le bedeau de la paroisse, Sény Jacquet, homme pieux et dévoué, parvint à la soustraire aux profanations sacriléges dont elle était menacée : pendant que les agents de l'anarchie établissaient dans l'église, sur l'autel même, un monticule de gazon, pour servir à la célébration des cérémonies patriotiques, il fut assez heureux pour introduire en secret la châsse sous le maître-autel, avant qu'il fut complétement recouvert.

Ce fut le respectable M. Hurel, curé de Deuil qui, après la tourmente, retrouva la sainte relique et la laissa dans l'autel, au lieu qu'elle avait occupé pendant la Révolution, et où elle subsiste encore aujourd'hui.

Tels sont les faits principaux et authentiques que nous avons pu recueillir au sujet du glorieux saint Eugène, soit dans les actes de son martyre, soit dans les documents liturgiques et la légende du Bréviaire de Tolède, soit enfin, dans les annales contemporaines des événements que nous avons succinctement rappelés.

Puisse cette brève notice, en ravivant la foi et la piété des fidèles, contribuer à la gloire de Dieu et du glorieux saint Eugène! Puisse-t-elle, surtout, nous engager tous à honorer davantage cet illustre pontife, non-seulement par les élans d'une admiration stérile; mais principalement par l'imitation de son courage et de ses vertus!

Dans tous les temps, les chrétiens ont eu des persécutions à subir. Quand il ne s'agit plus de répandre son sang, c'est qu'il faut lutter contre les railleries du monde ou la tyrannie des passions et du respect humain. Les grands saints qui, comme saint Eugène, nous ont enseigné la route du ciel, ont eu plus que nous à souffrir sans doute; mais ils étaient pourtant des hommes de chair, faibles par leur nature et fragiles comme nous. S'ils ont vaincu ce n'est que par l'humilité, les sacrements, la confiance en Dieu et la prière; nous avons d'autres ennemis, mais nous n'avons pas d'autres armes, et nous n'attendons pas une autre récompense. Luttons comme eux, si nous voulons partager leur triomphe, et le jour viendra auquel nous pourrons participer à leur gloire et recevoir, à notre tour, la couronne que Dieu réserve dans le ciel à ceux qui auront sur la terre valeureusement combattu, c'est-à-dire vécu comme doivent vivre des chrétiens.

CANTIQUES

EN L'HONNEUR DE SAINT EUGÈNE, MARTYR

COMPAGNON DE SAINT DENIS

PATRON DE LA PAROISSE DE DEUIL

M. l'abbé Hurel, dont la mémoire est justement vénérée dans le pays de Deuil, était jeune prêtre quand éclata la Révolution. Pendant la Terreur, en 1793, il continua d'exercer secrètement le saint ministère, et même à célébrer presque publiquement le culte sacré dans une grange. Les curés et prêtres de Deuil et des paroisses voisines ayant été contraints de fuir devant la persécution, M. Hurel, quoiqu'il eût refusé, lui aussi, de prêter un serment qu'abhorrait sa conscience, ne cessa jamais d'évangéliser en secret les paroisses de Sarcelles, Argenteuil, Epinay et Deuil.

Ce fut pendant qu'il était ainsi caché qu'il composa, en l'honneur de saint Eugène, les cantiques suivants, dont nous avons fidèlement reproduit le texte si simple, si pieux et si touchant à la fois.

Nommé d'abord vicaire, ensuite curé à Deuil (1822), M. Hurel fut accueilli avec une grande joie par les populations reconnaissantes, et sut, pendant les huit années qu'il administra cette paroisse, gagner tous les cœurs par son désintéressement et ses vertus.

A sa mort (18 janvier 1830), il n'y eut qu'une voix pour rendre un juste et solennel hommage à sa mémoire et à son admirable caractère, à son dévouement pour les pauvres et à son amour de la pauvreté, à ses connaissances mêmes dans l'art de la médecine, aux souffrances qu'il endura, et aux immenses services qu'il rendit pendant les jours détestables de la révolution.

Ce fut lui qui, le premier, en 1796, rendit au culte et purifia l'église dévastée et y célébra les saints mystères.

Le présent recueil contient tous les cantiques qu'il a composés en l'honneur de saint Eugène, et qui se chantent aux fêtes anniversaires des 21 mai et 15 novembre de chaque année, jours où l'église célèbre la mémoire de la réversion et de la mort du martyr de Deuil.

Sur l'air : *Je mets ma confiance.*

D'Eugène la mémoire
Honorons en ce jour ;
Ses combats, sa victoire,
Célébrons tour à tour.
Pour nous il s'intéresse,
C'est notre protecteur ;
Qu'une sainte allégresse
Remplisse notre cœur.

Sous le dur esclavage
D'un cruel ennemi,
L'homme, de Dieu l'image
Ayant longtemps gémi,
Enfin paraît au monde
Un Dieu libérateur ;
Sur lui tout homme fonde
L'espoir de son bonheur.

Bientôt la foi naissante
Se répand en tous lieux ;

Sa lumière éclatante
Vient frapper tous les yeux.
A la grâce docile,
Eugène sans délais
Soumet à l'Evangile
Sa raison pour jamais.

Dans l'amour de son Maître
Il croît de plus en plus,
Et chaque jour voit naître
De nouvelles vertus.
Sans craindre les menaces
De l'enfer irrité,
Il veut suivre les traces
D'un Dieu crucifié.

Procurer à ses frères
Un éternel bonheur,
Tels sont les vœux sincères
Qu'il nourrit dans son cœur.
Il sait combien une âme
Coûta cher au Sauveur,
Et c'est ce qui l'enflamme
De la plus vive ardeur.

Cependant quel obstacle
A son dessein pieux !
Quel effrayant spectacle
Se présente à ses yeux !
Il s'expose à la haine,
A l'envie, au mépris,
Et une mort certaine
De son zèle est le prix.

Mais rien ne peut abattre
La grandeur de sa foi,
Il brûle de combattre
Pour la nouvelle loi.

En soldat intrépide,
Il redouble d'effort,
Et l'amour qui le guide
Lui fait braver la mort.

Transporté d'un saint zèle,
Il élève la voix ;
En pays infidèle
Il vient planter la Croix,
Et de l'idolâtrie
Chassant l'impiété,
Même au prix de sa vie,
Fonde la vérité.

Il arrache la proie
Au démon en fureur ;
De sa maligne joie
Il arrête l'ardeur :
Ainsi plein de courage,
David, encore enfant,
S'opposait à la rage
Du lion rugissant.

De violents orages
Menacent les chrétiens ;
On les comble d'outrages,
On leur ravit leurs biens,
Et l'Eglise, inondée
D'un déluge de maux,
Risque d'être accablée
Sous ces rudes assauts.

Mais Dieu, dont la sagesse
Prit soin de la former,
Fidèle à sa promesse,
Saura la conserver.
Le sang des chrétiens coule,
O prodige ! et je voi

Les nations en foule
Se soumettre à la foi.

En vain la tyrannie,
Déployant ses fureurs,
Ote aux martyrs la vie
Par d'horribles douleurs;
Leur sang en abondance
Versé par les païens,
Devient une semence
Qui produit des chrétiens.

Déjà Denis expire
Sous le fer d'un bourreau.
Cet illustre martyre
Affermit son troupeau.
Compagnon de son zèle,
Eugène perd en lui
L'ami le plus fidèle,
Le plus solide appui.

Cet exemple l'anime,
Et loin de s'éloigner,
Il veut être victime
Et se sacrifier.
Il s'arme de courage,
N'envisageant la mort
Que comme un prompt passage
Suivi d'un meilleur sort.

Méditant la souffrance
D'un Dieu mourant en croix,
De la reconnaissance
Il veut suivre les lois;
Et sa plus chère envie
Est d'offrir en retour
Et son sang et sa vie
Pour marquer son amour.

La peine qui l'arrête,
C'est de laisser les siens
Au fort de la tempête,
Dénués de soutiens.
Rassurez-vous, Eugène,
Dieu leur en servira ;
Son Ange qui les mène
Jamais ne quittera.

Près de finir sa course,
Il redouble d'ardeur ;
Il montre à tous la source
D'où vient le vrai bonheur,
Successeur des Apôtres,
Les uns il affermit,
Et ramenant les autres,
Les gagne à Jésus-Christ.

Sur l'air : *O Dieu, dont je tiens l'être.*

Dans ces saints exercices
Il est enfin surpris ;
Content de ses services,
Ainsi Dieu l'a permis.
On l'arrête, on le traîne
Devant les tribunaux ;
On l'enferme, on l'enchaîne,
On l'accable de maux.

Les lois les plus formelles,
Qu'on publie en tous lieux,
Obligent les fidèles
D'adorer de faux dieux.
Il faut, quelle injustice !
A cet ordre obéir,
Ou bien vers le supplice
S'avancer et périr.

Le juge, usant d'adresse
Pour ébranler sa foi,
Et l'engage et le presse
D'obéir à la loi.
Eugène se refuse
Au discours enchanteur
Que suggère la ruse
A son persécuteur.

Mais pour sauver sa vie
Ne pourrait-il donc pas,
Feignant l'apostasie,
Se tirer d'embarras?
Détestable maxime
D'un monde séducteur !
En excusant le crime,
Elle en ôte l'horreur.

Son âme généreuse
Repousse ces moyens
Que faiblesse honteuse
Conseille à des païens.
Il sait, par la loi sainte,
Qu'un jour Dieu sans pitié
Niera ceux qui par crainte
L'ont ici renié.

Tout tremble en la présence
Du préfet irrité,
Eugène sans défense
N'est point épouvanté ;
Il confesse de bouche
Ce qu'il croit en son cœur,
Et le tyran farouche
Soudain entre en fureur.

Par tous ses artifices
N'ayant pu le gagner,

Il recourt aux supplices
Et le fait tourmenter;
Mais vainement il pense
Qu'il pourra parvenir
A vaincre la constance
Du généreux martyr.

Eugène en cet orage
Soutient tous les assauts
Que lui livre la rage
De ses cruels bourreaux.
Avec un air tranquille
Il voit son sang couler :
Comme un roc immobile,
Rien ne peut l'ébranler.

L'Eternel en sa gloire,
Témoin de ce combat,
Assure la victoire
A ce vaillant soldat.
Il veut à sa faiblesse
Lui-même être un appui,
L'aider de sa sagesse
Et combattre avec lui.

Oh! qu'elle est admirable
La grâce du Seigneur!
Quel fonds inépuisable
De force et de douceur!
Elle ranime Eugène
Au fort de sa douleur,
Et lui donne en sa peine
L'avant-goût du bonheur.

La céleste patrie
A ses yeux s'ouvre enfin :
Jésus-Christ est sa vie,
Et mourir est un gain.

Il attend la couronne
De l'immortalité
Que le Tout-Puissant donne
A qui l'a mérité.

Elle est à vous, Eugènes,
Vous allez l'obtenir ;
Dieu va finir vos peines,
Et vos souhaits remplir.
De votre délivrance
Les temps sont accomplis ;
Un peu de patience,
Et vos maux sont finis.

Achève ton ouvrage,
Cruel persécuteur :
En dépit de ta rage,
Eugène est ton vainqueur.
Prononce la sentence
Qui lui doit assurer
L'unique récompense
Qu'il puisse désirer.

L'heureux moment arrive
Qui le doit couronner ;
Avec une foi vive
Il le voit approcher.
On le frappe... Il expire.
Et le coup qui l'abat,
Le met par le martyre
Hors de tout attentat.

Ici la scène change,
Et découvre à nos yeux,
Brillante comme un ange,
L'âme du bienheureux.
Elle entre triomphante
Dans la céleste cour,

Et, ravie, elle chante
Le cantique d'amour.

Sur l'air : *Mon bien-aimé*

Dieu de mon cœur, à jamais mon partage,
Me voilà donc avec vous en ce jour !
Quel héritage ! ô Dieu d'amour !
Pour vos élus, dans l'éternel séjour,
Dieu tout-puissant, pouviez-vous davantage?

Vous vous donnez vous-même en récompense ;
Quelle bonté ! quelle riche faveur !
Votre présence... ô mon Seigneur !
Remplit mon âme et dilate mon cœur ;
Soutenez-moi, je tombe en défaillance.

Pour me donner ce bonheur ineffable,
Combien, hélas ! vous en a-t-il coûté !
Tout charitable... mon bien-aimé,
Par votre sang vous m'avez racheté.
Mon Dieu, mon tout, que vous êtes aimable !

Encore un peu, dans d'affreux précipices
Je me voyais abîmé pour jamais.
Sous vos auspices, par vos bienfaits,
J'en suis dehors ; je chanterai les traits
De votre amour, j'en ferai mes délices.

Jérusalem, ô ma douce patrie,
Sainte Sion, tes biens me sont rendus.
Source de vie, Dieu des vertus,
Je vivrai donc, et je ne mourrai plus !
Dans votre sein, les maux passés j'oublie.

Sur l'air : *Célèbre sa victoire*, du cantique : *Portes éternelles.*

Célèbre sa victoire,
Céleste Cité;
Chante la gloire.
Dont il est comblé.
Que tous les chœurs des Anges,
Dans leurs doux concerts,
De ses louanges
Remplissent les airs.

Sur l'air : *Dieu d'amour.*

Saint martyr, l'avenir
N'offre plus que jouissance.
Eh bien! avez-vous à vous repentir?
Un moment de souffrance,
De peine et de douleur,
Peut-il entrer en balance
Avec un éternel bonheur?

Désormais, dans la paix,
Vous jouirez sans alarmes
Du bien et du bonheur les plus parfaits;
Le Seigneur, de vos larmes
Vient d'arrêter le cours,
Et lui-même, plein de charmes,
A vous se donne pour toujours.

Sur l'air : *Célèbre sa victoire.*

Célébrons la victoire
De ce saint martyr;
Chantons la gloire
Qu'il vient d'obtenir.
Joignons aux chœurs des anges
Nos humbles concerts;
De ses louanges
Remplissons les airs.

Sur l'air : *Tout n'est que vanité.*

Le Seigneur en ses mains
Garde les âmes des saints;
Le trépas et ses horreurs
Pour eux seuls n'ont point de rigueurs.
Aux yeux de l'insensé, leur passage
Alors a semblé... un naufrage;
Mais ils sont en paix,
Et la possèdent pour jamais.

L'œil a-t-il jamais vu,
L'oreille a-t-elle entendu,
Notre cœur a-t-il compris
Ce que Dieu garde à ses amis?
Un torrent de plaisirs... les inonde,
Suivant leurs désirs... tout abonde.
Leur sort est heureux!
Ils sont au comble de leurs vœux.

Sur l'air : *La mort peut de son ombre.*

Telle est la récompense
Que promet le Seigneur
A la persévérance
Du zélé serviteur.
Eugène la possède,
Nous pouvons l'obtenir ;
Pour nous il intercède :
Tâchons de l'acquérir.

Ne pouvant plus atteindre
L'âme du saint martyr,
Le tyran veut éteindre
Jusqu'à son souvenir.
Pour cela dans les ondes
Son corps il fait jeter,
Et dans des eaux profondes
Il croit le submerger.

Mais Dieu, dont la puissance
Commande aux éléments,
Du saint en sa clémence
Garde les ossements;
Et l'onde qui les cèle
A ses persécuteurs,
Aux chrétiens les révèle
Pour les combler d'honneurs.

De la gloire éternelle,
Dont l'éclat l'investit,
Une faible étincelle
Sur son corps rejaillit :
Quel étonnant spectacle !
Quel prodige nouveau !
Dieu par plus d'un miracle
Honore son tombeau.

Au lieu de son martyre,
Parmi nous conservé,
Il semble qu'on respire
Un air de sainteté.
C'est là que prit racine
Pour nous la sainte loi,
La semence divine,
Le germe de la foi.

Dans ce lieu vénérable,
On offre sur l'autel
La Victime adorable
Qui sut fléchir le Ciel.
Joint à ce sacrifice,
Le sang du saint martyr,
Nous rendant Dieu propice
L'engage à nous bénir.

A sa relique sainte,
Chrétiens, rendons honneur ;

Elle porte l'empreinte
De la croix du Sauveur.
Restes d'un temple auguste
Où fut l'Esprit d'amour,
Avec l'âme du Juste
Vous revivrez un jour.

Pour nous il est utile
D'honorer ce martyr ;
Mais un honneur stérile
Ne peut lui convenir.
Il est notre modèle,
Il faut donc l'imiter
Et pour être fidèle,
Son secours implorer.

Quel bien pouvons-nous faire
Sans ce puissant secours?
Fût-il plus nécessaire
Qu'en ces malheureux jours?
Déjà la foi chancelle
Dans presque tous les cœurs,
Et par là nous révèle
Les plus tristes malheurs.

On ne voit dans le monde
Qu'injustice et danger :
Dans une nuit profonde
Allons-nous retomber?
Quel siècle est donc le nôtre !
Qu'il renferme d'appâts !
Il viendrait un apôtre,
On ne le suivrait pas.

Sur l'air : *Reine des cieux.*

O saint martyr, sur votre sort tranquille,
Vous nous voyez prêts à périr ;

Ne rendez pas votre peine inutile ;
Empressez-vous, venez nous secourir.
Insensible à notre misère,
Oublieriez-vous vos malheureux enfants !
N'êtes-vous pas pour nous un père ?
Faites-en voir les sentiments.

Prenez courage, Eglise militante ;
Consolez-vous dans vos malheurs ;
Un jour viendra, parole consolante !
Un jour viendra, qui tarira vos pleurs.
Les larmes sont notre partage.
Laissons au monde un frivole plaisir ;
La souffrance est pour nous le gage
Du vrai bonheur pour l'avenir.

Nous implorons, grand Dieu, votre clémence,
Nous soupirons à vos genoux :
Voyez, Seigneur, d'Eugène l'innocence,
Et désarmez votre juste courroux.
Pécheurs, hélas ! couverts de crime,
Comment oser paraître devant vous !
Mais nous offrons une Victime
Qui répandit son sang pour nous.

RÈGLEMENT

De la Confrérie de Saint-Eugène établie dans l'Eglise paroissiale de Deuil.

Pour étendre le culte de saint Eugène, et répondre aux pieux désirs de la population de Deuil, Mgr Mabile, Évêque de Versailles, a érigé une Confrérie en l'honneur de saint Eugène, dans l'église paroissiale de Deuil, le 10 mai 1869, et approuvé le règlement de ladite Confrérie le 14 mai 1869.

ART. I. — Une Confrérie en l'honneur de saint Eugène est établie dans l'église paroissiale de Deuil.

ART. II. — Le but de cette Confrérie est de procurer à Dieu de véritables adorateurs, par l'intercession de Saint Eugène et l'entier accomplissement des devoirs religieux.

ART. III. — Peuvent être membres de la Confrérie tous les fidèles de l'un et de l'autre sexe, continuant, s'ils ont fait leur première communion, de remplir exactement le devoir pascal.

ART. IV. — Pourront également être reçus membres de la Confrérie les personnes étrangères à la paroisse de Deuil, qui rempliront les mêmes conditions.

ART. V. — Un registre sera destiné à inscrire les noms de tous ceux qui, sur leur demande, auront été reçus dans la Confrérie.

Art. VI. — Tout membre de la Confrérie qui cessera d'accomplir le devoir pascal, cessera par là même de faire partie de la Confrérie et de participer à ses avantages.

Art. VII. — Aux deux fêtes patronales de saint Eugène, le 15 novembre et le 21 mai, et à toutes les processions en l'honneur du saint patron, la châsse, la bannière et les cordons seront portés, par des Confrères désignés à l'avance.

Art. VIII. — A ces mêmes fêtes patronales, le pain bénit sera rendu par un ou deux Confrères également désignés à l'avance.

Art. IX. — Chaque Confrère est invité à verser annuellement entre les mains du marguillier de la Confrérie une souscription pour la décoration du sanctuaire de saint Eugène et les autres frais de la Confrérie. Cette souscription qui n'est point obligatoire pourra être versée à la fête du 15 novembre ou à celle du 21 mai.

Art. X. — Le produit de cette souscription et celui des quêtes faites aux réunions, sera également consacré à dire des messes pour les membres vivants et défunts de la Confrérie.

Art. XI. — La bannière de saint Eugène sera portée au convoi de chaque membre défunt.

Art. XII. — Il sera également prélevé sur la caisse de la Confrérie la somme nécessaire pour chanter un service pour chaque membre décédé, au jour le plus rapproché que possible de son inhumation. Ce service et les messes sus-mentionnées seront annoncées au Prône le dimanche précédent.

ART. XIII. — Le dernier dimanche de chaque mois après Vêpres, on fera dans l'intérieur de l'église une procession en l'honneur de saint Eugène. On y chantera l'hymne, l'antienne et l'oraison du saint patron ; et après le salut, on chantera un *De Profundis* pour les Confrères décédés. Pendant cet office une quête sera faite pour les besoins de la Confrérie.

ART. XIV. — M. le Directeur pourra s'adjoindre un marguillier et un trésorier à son choix, pour l'administration du temporel de la Confrérie.

Vu et approuvé le présent règlement en quatorze articles.

Versailles, le 14 mai 1869.

† PIERRE,

Evêque de Versailles.

6793. — Versailles, imprimerie BEAU.

www.ingramcontent.com/pod-product-compliance
Ingram Content Group UK Ltd.
Pitfield, Milton Keynes, MK11 3LW, UK
UKHW012119240726
13965UKWH00005B/1856

9 782013 049276